石川　透　編

室町物語影印叢刊　7

鉢かづき

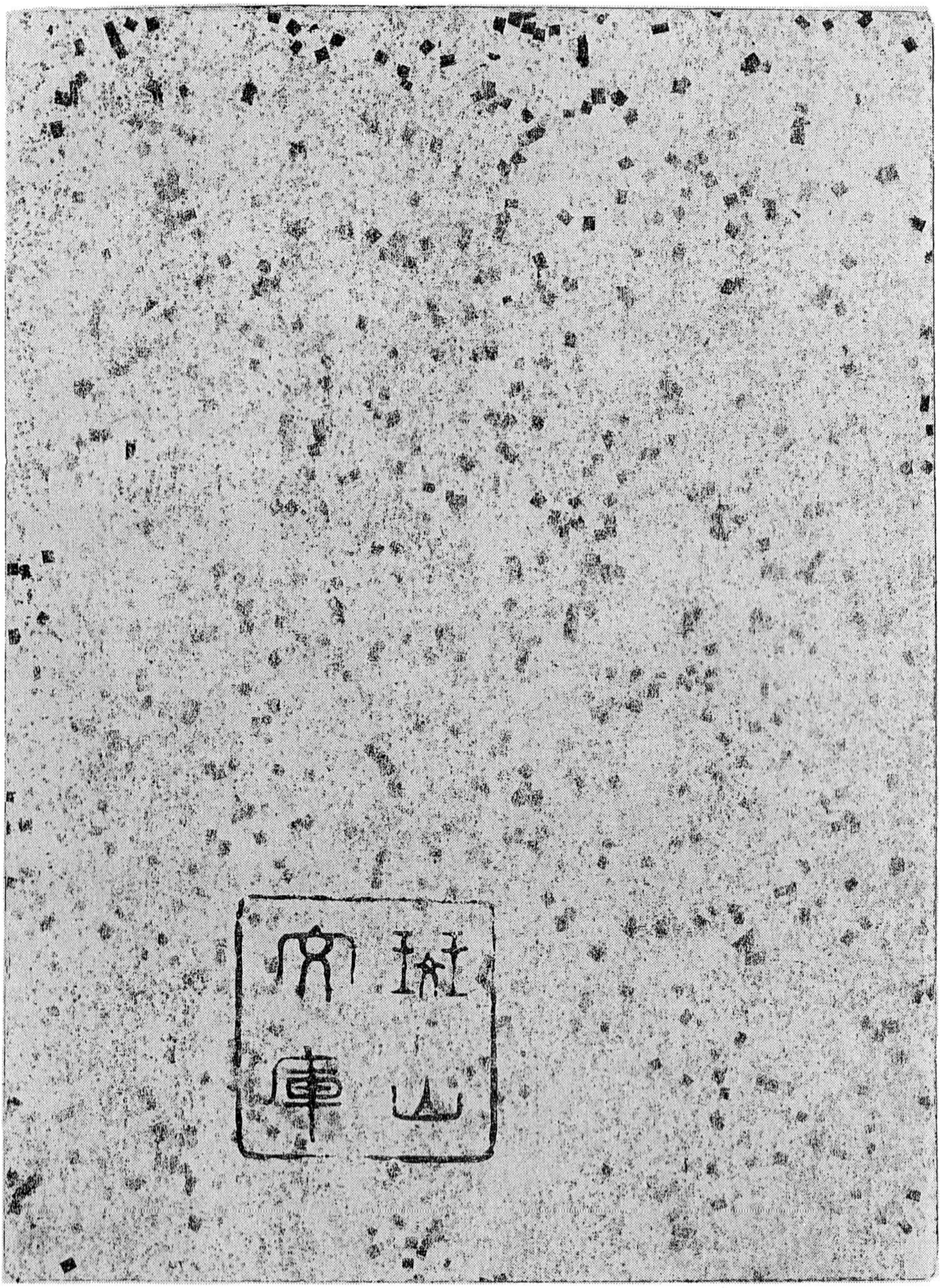
斑山文庫

中にしけきことやはりうたのみちのおこりにやへん
ありし古川ちかひのさることふかくおもしろくあ
教のそらにあれとてもわしきてともまします
されはいかさんなやとよせ花のりとそいちり
さへことをすはふかきとのこ侍とたそりへともえ
宗となるわらしすはひろき心のはかりことは古今万葉は
せ後徳教へからしとれらんしく月のまへそくと
わし入道へことゝものはいあらくしすはいつへよ
のこゝろたいとものかし定へまし世ふとゆめのたよはいとせ
しるそ世の報あさうはれそすてけゝろやそて流

中にも姫君一人もち給ふ是はあさゆふかしつきかなし
よい給ふことかぎりなし姫君一人まうけ給ひて後は悦ひ
あひたくきこしつきし給ひ明暮くはんおんをたのみ
申されけり給ひけるほどにせちに祈りて姫君
あへやうやうありけるはかなきあさゆふ
てとし月をおくり給ふほどに姫君十三と申せし年母
上かりそめにかぜのここちの煩ひて一日二日と申せし
しかるは今をかぎりとみえ給ひければ姫君をちかづけて
みどりのかみをかきなでていたはしやむざんや姫十七八にもなし
なばいかならんえんにもつけ奉らんと思ひしに

つゝめしかくにしもあらずほのかにいひけることのあはれ
とてそこゑんしれず侍らよしなくこそあれすゑ
いかなるしのふともにさめくもそなれまへるんべ
あるへき海ともたゝしらめれともあらぬとしもとり出
中よりはゝとらへつきまへしておはしけるを姫君のれ
うしにいとゞせるのくまかくれみらぬなかのよろこ
こゝせんつせく母上ゝくそえらずれにかっ
はゝのさゝ御くそるのしるべせん
らいりまゝせつるせかれ

みだにたらなるあるひてはかなしきすくなし
又いたらにおろくきたひくいとけされいめとし
はやめりのよあつけときいはくへゆかせまうと
まとていられたひやりさてしもあるべきゆるす
ねいおはむきをにおりくとしもすきのへよとう
すてものをこくしかりとする月めくらいせと
あつきしゆくらぬすそわれすかくて父母せん
いやなとらつけるひつてきなひらたちとせ
らんとしまとしをいつきてさくりしれとて又いたき
まなとくつきていくかせんめくよしてはなれ系せ

めかるゝまとはつきしめかすみあさゆふまよしとあけゆく
なふりてをつりすかくて月日も見れゆけはあくる
むさしやうしとりおもひすてとにもかくにもいてくし
こさらてひあかたそておつしやれに書はわか梅の花も
さくらは風もろともゆけと文ろ春よりさきくる月は
出めてゝ入ぬるまと文らんゆくよ出するまれしくの
おもけは夏にふたゝあつくにうつの日はうつりいは
うつくしめゆきわちとふくれめてわらくにてあふす
さくにあらんもいまつせはとく風みせうくるなれふ
せいるへしてのころあしもわかれなり

二

ちかころより世人のこゝろくさりてきんていりあひて
いつまてかのこれるひとりをまもりてなけきあへるは
ところの人はかなしいらすしていまくとしもかくいく
られはされはせてさいをしもあはれとともあめあまされ
こゝろにとふらふにのこゝろにあはれなるも有けるとさは
ともよし明しともかくもしれとうひとのかれにいれは
人によるいてさうきんをと思ひしめともの〳〵く
しくとりにくまはかうつ世中の人は人に花をもて秋の紅
葉のちりもなれくそへおもけはありからくてはかなれそ
なけりつゝかくてみのまゝもくしけはかなたとこそたまへり

かゝふしきぬさまのたよりもなくせよいゐけるにそのかく
こゝろすゝめられけるにまても母の御もとにはむすめ一人
いそきけるにいよいよこの君くらきを見しきこしと侍
めさらなのことまてしてこゝのうちのおひて常
よい父よさんそうふ大臣にかくらくらゐもへもらわ
さいはひもやうなきまこに母よそへもありなく
くやしきせをつゝきてこにはれよねそふ世中れ
まれともしふるゝ川もつゝもてはるへてあるよ
うひるきこえなるとい子よいとゝ姫きたなるうとれ
はきわうゝしけりよまする母れかくこゝろふかしてとかりく

ちゝしきめくよりいれとも、せいゝ母にとて然は
よろこひせんいくれはなけき給ふへきとふつうとい
ろうしくらひしよ今れはもしに娘むいそきゝ母て
しや昔をうへとめてしさ母ひせんのわくらすゆへ
そなたし文しおくるなりとていかなる御身の命とく
しても人とり給へねなしもちはのえんとおり給て
くるへきとつまていられけるする人丈夫をもとて
はゝうへさいさへとこそあへめしまし母こゝろし
せう女ひてもちろきゝ母のゝ人もつりてとめてもと
はゝおやまとしのくつてをしてなそろしされとも

こはいかにもとひゐにれてもてつらくと又よろひく
とひそれはおやてめんめしうきは海にてらへ弥うき
ともひ出し物てくりめくんやみあつねてきみつき
めるとしにいまつくとひしよろりぞきせやまとめる人
みそそふつきこるれてきめとらにとれてはねう
せんいつきふしおひつてはへしとめまへはまいせこれと
きそてかくうへらちしんはさもらわつけすうとや
くるしひなさてつうつや弥ろうきとりしせてめ
くろめなとられとらてあさましけなつくるひてひとつき
せなひつせあろつわうれ田川住て捨つ世なうしてあしれ

なれきてこにいりけるにそこを雷よ雨よふらしていに
はらへゆくへきやまのほとりなくしりかれけるなりして
志つてありくらくらん
野のとあれみちふくをそいはくくも
さしてゆき野人あもくいおりには
とらるあいつすり月のせく雨ふれは

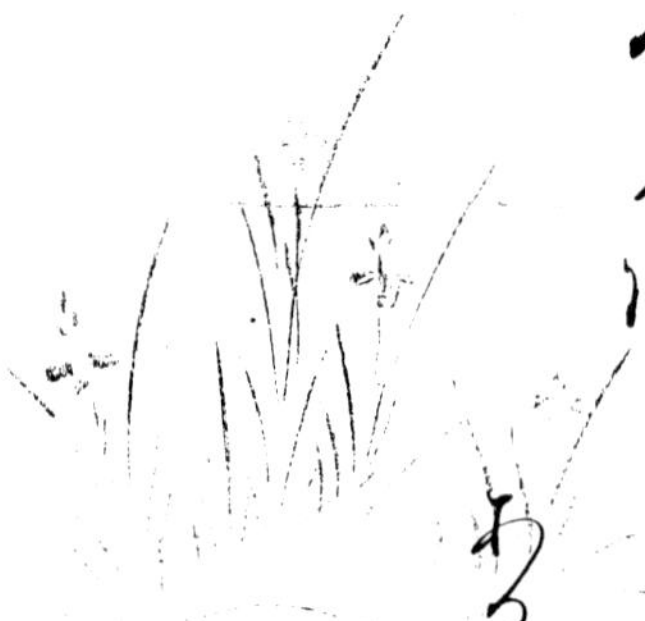

わすれさるはるよたまつ
川のもく
しらつゆ

家よ立てまうくいゆくとさしてりとはるゝ露にゝ
あらんかり廿川のほとりてあり母とはおりきれ出ゆ
まつりすんとさはて川はちよのそはえへさはかしき
なきさんはちうなさい岸くつなとも なんくしやでく
はなつなともきくてそとしもうしてつためおもしろき
ましそれにいひて行人とつくゝして花とんやうゆしして
去てよ云ひさの川へ舟としてなくゝゝす雨くこ
そ一る染めれ
はつきつれ柳のいとの一ちらり
云いける頃を称しけりける

みゝるらあるかはなとなけきつくされとも行よ
いはれてはかりつゝさしおそあはれなるかしよみて
すゝかれとくちけさてにもちのなれなるかなれとい
ひてあけされはうしらはもちつるてきくは人ゝ小人
とみえくあかねそろしやいうなまのやらんしそ川の
こしへなけはまる[illegible]てゝくいつくとれなよりはく
くとあへしく角つり
河なるゝれそとにこそゝれともれうし
なしねゝくいふてうきゝいつりせん
なくくらるゝめなゝにあはれぬゝなといひて立なる

桜あるへきにおくされはありにまかせてゆくかくよあるへく
里よそてたふ里人花とみて花はいかなるものつらへら
いなかちせては人なれはいかなる山の桜もしらん久しき折か
西人けしらく花まて出てありけるていかなる人なれ
いなしとてゆめとはしくれそうらてなひなるあり
人のけるは人をけれはよそてもあれよはつけ遠の
らはくしさよとさりくにそのけるさる程よそ不見
こらしてきしきに人はなるといふ山のけの三位中将と
いそのなれ折ふし花んきつくくしてしめこそ忍
とあかつきもてしたを里ちり川かわかりみさしめくされ

こいまけるらしも煙らしのたえてこちらなはされも
し給わけるうえくれと恋しくよゑせんやとなか
いろして立なる赤よりれ給へ行きおゆしより中わるめ
ゆらんしりくあまたよひせよとのたへはまさうさうてんとし
二三人そはへそのもちあるきをつれてまゐる
くの浦いちなる里れめうとの給へはもちあるきやや
我いうろへんよきをしめよそはつうにわすると
くれとひのゆまわてにうろかちろき人はそくいあつれに
りめしなれまえてなかく我ろてによしなしといつまう
せてまよひあうきゆとまされも

さてくらひんとおりめしいてきこえけると
とりのけてこそさてみるくしりてそれとし
あしもいつきて中くとろくきこやうりなしこれと
くてゆらんしくくいうあつくせりのそやとてもらへなう
中わなくはれらんして旅ろつきていつへくとめてまて
いはくともさして申へきうこもなしぬよくなれ
いそもくくうろうつきこへはさくはみうくへよとら
おそれわくろくにたともあくれしくりすとやもと
もとハ中わなきこうめしてくのりよいふしきね
御めのいうもしれのありとわすしのう御くに

作よませ給ひてそれをさてあれのこはたにくし
のゝ母は京をとへきやうりなし母よりはこれし
前は歌ひとゆるへ遊ひはひらうきし古今万葉伝
教論語法花経八巻をも又五経よくしりかの
はふりなしさてはのふもなくはゆとのよとけしる
それはいまうすかねすゝるれと前よきてこの世の中な
きは湯みのくかをしてなれそれあけぬきはうらん
きらひをうつにくらうへはおわそれとも
なさけとらくろ
へつおかし

あけくれはやりもとつよ浜行きもしてこゝろやか
もすさらにぬるは天もあけさらにやあとこそれ
いくらやみするねも行のおくまでゆきにいれ
のれくらつるをれなふ君いしくめもなふもよおき
きぬるさいとともの夕煙に行なしくるしとしらる
わはるやすいらぬりしせひろやぬるゑとさい
そくゆくくるれいはけしの湯はやすらくつさと
けらとすつらぬ身るありしもとぬありうれしあしと
りせなしかくしてはし孫たいくれ
くるしきこはおりくく紫れゆやまり

られぬとゝめよ立や須まし
しらやしにうらなみいうかたなれしてひとやらら
きしにもとこそあていつもそ爺なかへかけよ地とた
のひなれもしとらひてのふしもなかもなれつの
らけ猶いきつよもら要なわやらほまてし松陰なる
れて来もあまれもてきくせらしてにとく寄れにと
なりゆく世をいとひとりくとひくうくいより
松風れそらふきこえも梅世りしぞ
さてはきこ月といつかなめん
やらしにむいつしら面ん川く

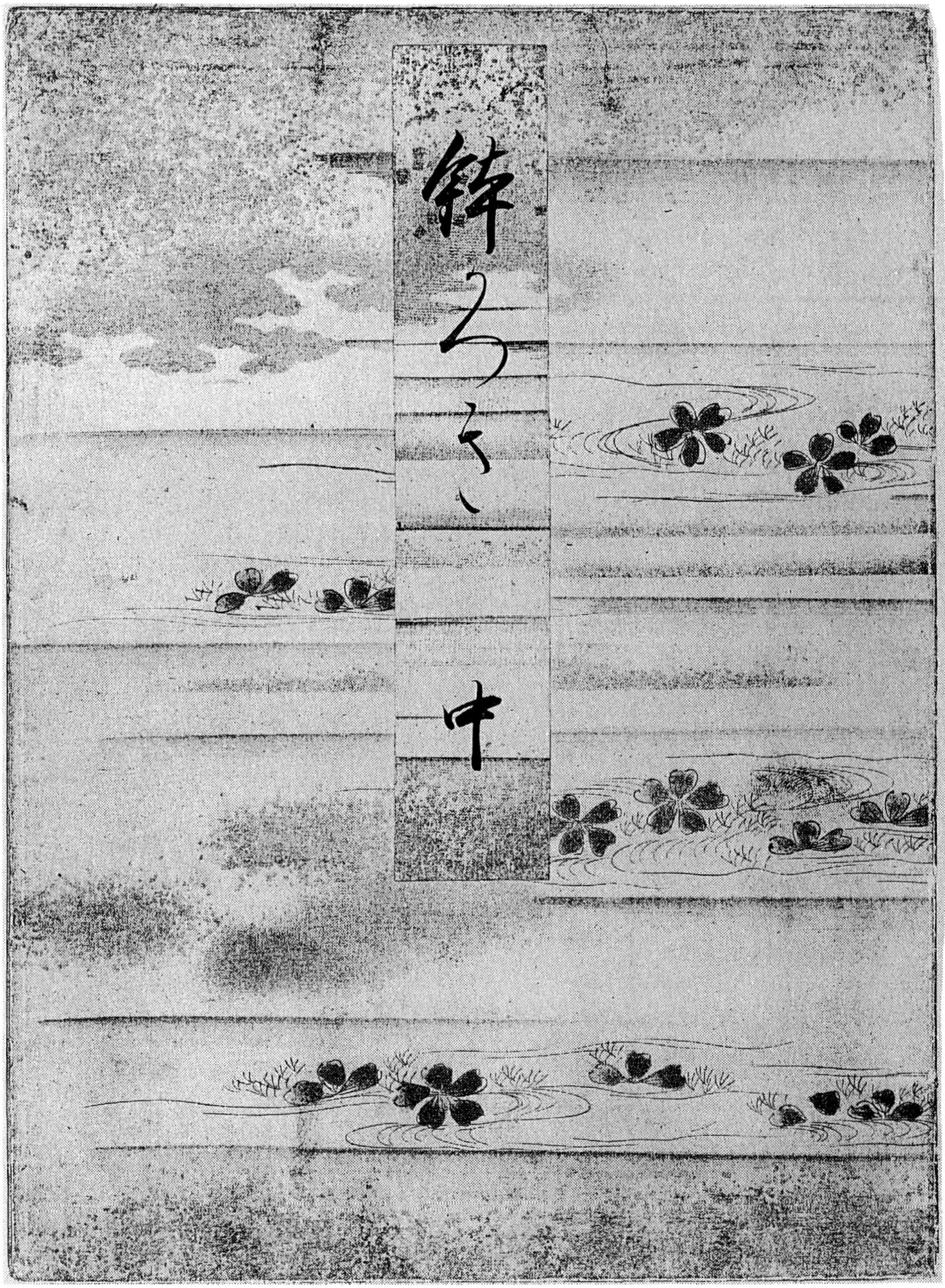
鉢かつき
中

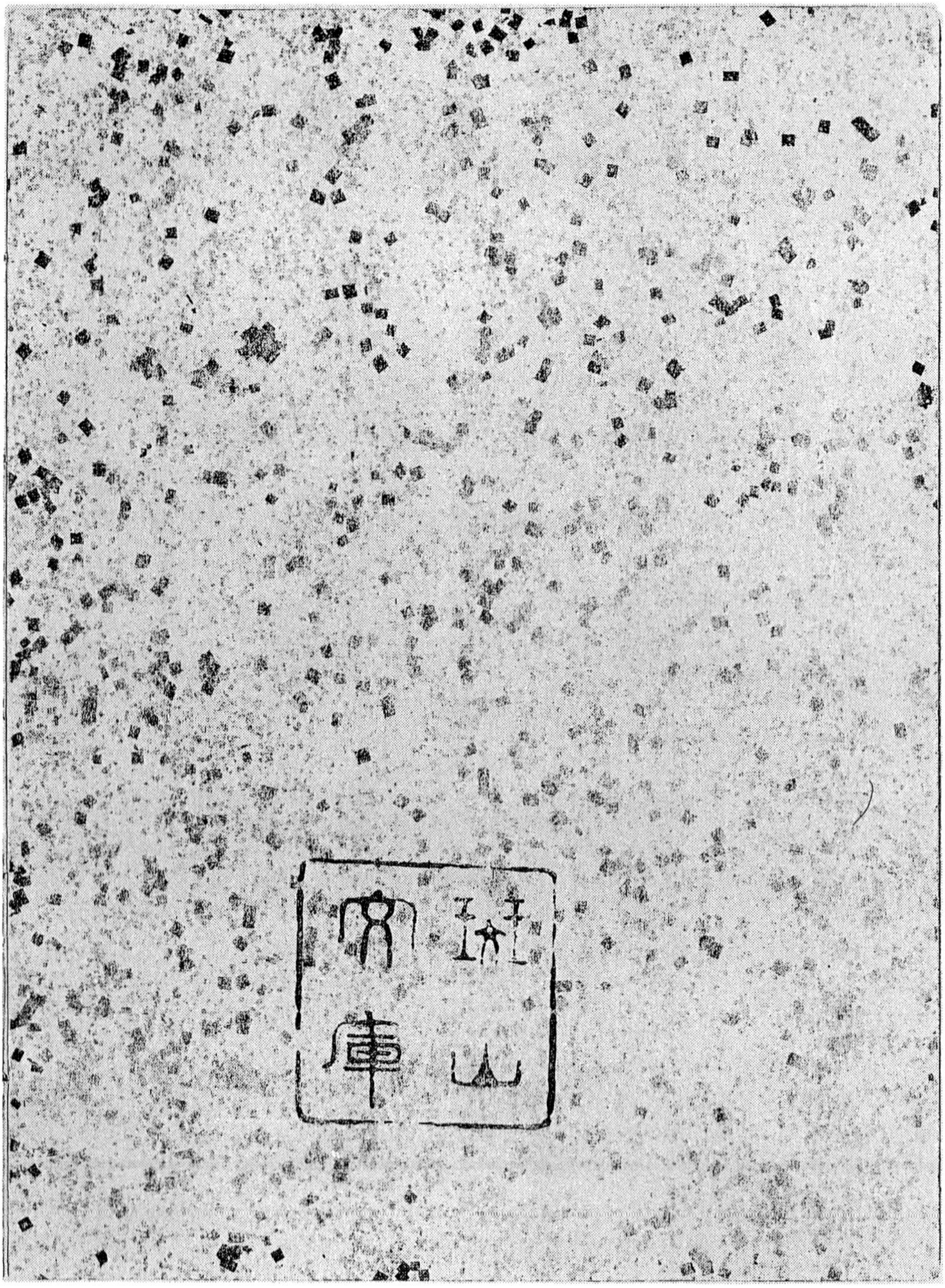
斑山文庫

はかなくよこれ中将のはれ宰相のちかなき二人は
こゝろくあつかひなき宮人めれは宰相はきこえしとめれ
さうしともにはめつらせにもてれはゆよやうき
れもてうつくしきをともきは源氏の大将のやうなり
ひとつにてもいろはきは花のいろよ目もとゞしう
まへともうるしいは夏にもてしきよろものそこはを
にんきをれ秋にうつろふ菊てはちうしく庭とう
ちるか月のまへにて春をいつし冬はあはれは氷
いけのおもは雪をもちてたゞみゆき〇て梅か
うきものをもいつもれてはなわすれはく立かれこ

にごらしとのこくもゆとのへつせられ花のはさうし
かりのこゝせられひさるよふけゆるにきりてひとり湯
とのへつせられ風ふかれゆらうきれ湯かしひとり
うちやさしく咲くなる此紛水とてさし出して出
れくうしきんきうけよみてられしにふうされ
岩やにて鉢のつきくわすれさすあいくうしら人我
此ゆとのしてまいらせよしのすくいと文しりてきひ
出しく人にてゆとのさやうき人のゆとのといひてすう
すまんとえとしきうめいあきいちうるなし
此湯とのへしてまいらせん

はさしゝへはらんしてかうらのあはせてゝとへともい
かたの人とみてあれどもかたよめよりてあはさや
うしにをくれしろうてきく人いまさらに一とせ故へ
のありし河は宮のかんれ若兎のありし河きせん
くんしもしてめんせんよ弟をあつれとも名の河はし
はもらつきかと人々ありしいうよろこしはへと見揺
くくそおつれなくいうよ然つきをあやめし秋の
色はらろへてありとも君と見る中らしと千秋
は尤よ聚りとよろこびけ松のうしれあまえしく
しをもれなきれとしもらつきこへのましの松よう

くひとてはまことなれえぬなみだしくくらうかと
といひ給てはかなのそはきこしいにおもやこのくるとゐ
よいわかねたは京へ文よこしくてまつといひてはの妻
やらんいそけなんてそこましてかのよそたひくそし
あるやらんめりふてくさるおかくしもあはれにいそし
すくくきこゆるとも恋ゆへなりは中々にうらみしさくしよ
ぶふまじいかよくとの給ふのうちのこゑなれへなまて候
たまく只そしいのせは川の中らにむしやうしやと
きうこまいなにとまんとのかしまそにいくそ候
やらんとのすてとせはなくうしさにきうへのいとのこゑなされ

まそにいかもさふつてはかの立居よりつきこえ
しるくゝりこれし母のうさてハしは清からく
いつもそいくらるゝくらはらゝは世よすくなめの父
にもあるねらしめしきと書けきけりとやりれて
さいつてうとのハ中君にはせしつうありとおもしめ
うきねく給あるさいハされとしようねてへつんの世中よ
むすましおもひわつらふさよられはしていときうはで
わやれくとらきつらうしくしてですほく御あもさ
きのせにのくれなまへえくとおりさひし皆とたく
つそくんよるけきこそできをつゝしてひのかくれなる

てなやにもよやくさきれていまさいとけなれへり
あやとらはなれなることともせくふかくいなりてくるしき
ちのとしまていまさ宮しつれはりるかしひとりゐさ
しくさうねの枕さひしきところふてもされの世よ
の身と政ぬるしてそのころわんれつるをもしてめ
くらくてとにかくてにところにおいすゝんにいろくさ
人なれとえんなれるくへいめもゆるれの身よえんへあま
いられるくもてふくさいられとはちめにらしもしより
今あふまてのこと葉してもおもふあはしくいふなわれ
くらふの浦としふてそのくちはるれそこみてなへん

忍のあまくなかくしもしつゝれはまくありせの
川のみなもとの称なんのさしはかりもてしもとしのはる
つらしとおもくちをしとあまたさてもちへきなく
舟の人をはしてふねのあはせ人つれはましてれ
あはなにさうめをもはらにふしけのよしみち
さりともあしねん人も思ふらんもとと
人よもかれぬかのさかり

いはくもあしよ海也く
出る月とそれ
くしふれなる

さいもろこしのはゆらんとくいふ木株からきさかりなる
けさかへそよ見えあされわしわも露らうかとそれ
ろにあふせし葉るはやうそ月しうなへとひつもおりく
うしひ花ともみくあくさしすへとそはけのまつしと
やそてくとしわそくてそとそれなつその門いてしみへ
うしさいやうくこのかし見らくへのそにもあらそへ
のみはあともつ何よのましにならなるいはあつまそてしわすん
ともあし見へあつよういすれる陸まてみとわつてめそら
うしさよとられくてられなれ多へ風さしいゆらんへく
此もらくつきのふせいとめにけくくとそれはやう

しいふなは花のたにやよひは月のくまし出てきつさう
こなたしれいし柳の風よりくしもかひのまうれ
のちのあそしこれ秀おもけよれようまろうを
こそそむろうかへのあはさやまれは何くてさ楊貴
妃あふうんもいろそうをにまろへきとふうなにそ
いはなかおうしくいはむろうとうものけて十五夜は
月のとくにみうよしめうなとそうてれなさて入る
いゆうのうくうれもて法しつととうらそてゐる
れうくうく法のさし梅とれらへうくしそう
もうつきいうにさるしくおもうらん

ふみのくるを待ちいたくみよしみけ待ちてしなめにしい
わかねらまよりわたらむしくそらみれなむら
うけきはつけれまくしもはふえをおくへきこなかる
されかめらゆくはてそいふりけるてやうくもあ
わしけるをつかうまつるものとりまくしすくないさ
ろにはさやうすいは待つきとせられくはゆかしけれ
さうなくせ申てこえていふもれもてとおく
てなむえつかうまつれ
かうしきばおもくもてけゆみもあり
ひさしきまでかへるとなむいくつ侍

とらるあなれはゆめのへふてんしこつけてゐもち
うきは候ふうそて人よはかれはめのふこはうるとへはて
おしかはうきのらくしさは花にとくうし丁寧を流
女房前しさつあて花よはまちわ給てちるやきて
うめへとちるうやとはさ人とてあさまくとされはまとく
しくはより来てさはる田れしてあるまちくへみてあせ
もとちてまた前おもはむれ申てまくつやとるへて
よろねりてとワうすうさうかもよ妻の日あうしとる花
その日しやまいくれる井けなそれ何やタおの人
けんは花そうしめさはしつめ来ともりしなゆうに

きやうくしくゆきのふるにはにすみける所
くろきをとこほうして馨をこそ聞しつゝのこゝろや
青ゐまち青色ねんとよしろき里のいねに忘はるかてよ
かよふりこんまでとぬるまゝ人の指をふみ行とよりて
へりてうるさん
君らんとてけれまゝや笛行れ
みとつてあるこゝちうるあらん
と手あわかれは涙ありしぞわゆくに
いく千代と梅しかりくらん人れ行れ
ちきりかくしつけれまゝり

さてさいきやうにはかくきんつしとわきうはらうさせ
たまはむとすれとくれすけりそやくのさりぬ
らん事ねとのそて時うつきうりとへうよひするあさ
ましきよりとまわたりをしてやしきもたとへはあらなら
いりて立よりたまひしあれもちうつきめちちうつき
たいつせんしらまれはてくまんさまよしわくまねはめい
あらうらりある時はそよりまくうとききうりまけ
うこまそいまへおもくいせ給はされは時うつりさお
かつるかくさいくうくいうり
くまちてうけめでたくあらじまとて

露けき袖りはるやしもく
とゆにしらるるあはれといふくやさしくあはれしる
ちきりふかくはありけれたもちへきんはましますきに
もしつ今よりゆくすゑ我身にはうらぬるのまてても人
のいふなるはそさはしものはまふ人のあさやうに
うられ梅つきはなれしきかんなとわくはなる給よ
あますかたきなくはるのをやらん今よめのとにらせ
よしのえはめりとそ月てうてはとやら文まく
わきまへはおつりのとものほしにやあわそ給に
めのときはまくさはしやる世君さいきあ給ひつゝよ

ちくつかやしにまいらせ候てのゝ色くはめてたくはつ春の御祝
まんにはいり候かしこかく御揃御機嫌よくおはしましていつよ
若君様御はしめまいらせてしくはしりてゆるゆる御祝ひ
まいらせ候まゝ御心やすくおほしめし下され候へかしく めし
てふみや入候はありかたくそれそれゆるゆる御めてたく申入候
又のほとりいろいろねかひ入候

猶くまことにかしこの
御返りてまいらせ候
かしく

わかきのみやたちはさいはひまさりけるかおほせらるゝ事也
めゝけしかりあれとくしのしもたしやみえんとて
そこはけいかへてもさるあれはそもこのかへりて
うゝふうらいられそこよきしもいりせんゆゑさして
あかれおやのゆふかんゆりくたらまらしえん
よきしもともさふゆゑふめ中きいへかくろしらく
へうされをとへゆみまりたらまちれたにあなことも
みれ孫くきこゆるいむつかしらん事ありけるとも
おこうすめくとすそんなおりにしもまいれはしす
もちかつさわとそもちつきりくれよおはいつとし

かはるにいはるかのとも忍山のおくよすゝそてもれ
りふへよそふるゝはゆめくるしうかましとてうちられ
こゝをは出るてあつらむ戸かそよ今日は人めて
はゝませるはしらめうとはうそやてしりらにな
りそゝらへつきうりにしてかるはなれまろかしよれ
あめさらも一りんのさしきにいるつましとぬる代
いふそきこもましまきにいよくめとしぬう
に朝夕よせるはるか毎日人給けるやさしもあれ体
くきにいる梅へ人けのりめとて口書とうしるへと
とさつゆへいうせへまへてへと給けるわせらされ

なにのおはさはしよされとはさへゆめくわくらと
しるいくたかわけてとまてもはましけるに
こらえてよろよせきたけするよおいてはもらすふなるを
もましまさにさあへいきんさられしあくへきしまへ
てゆらんへさるるにてらてのめちろきこよろくし
ひくいろへそもいそてゆくとえんとゆされたれはけ
にりとおわりゆいわくきんさられしあくへるへし
とらくありふれさせけろ

古往よ寧和安帝のときにいたりておほき
こころなくなれくをおはしけるかよしなくなりにし
ひさしくなりてうしなふれくていらせんとおもひとゐ
うしなひけれはならぬきしとめて洞簫をやうや
されゆへよ是をとつてよみてやゝきりされていつ
へしゆんとやされはさいごとの後世ろは此身よなる
まそにうつ向もてまゐりしいつのよなりしとものにい
てんとの名は称へき行と云ひとけるうへのみく
洞簫なりとてかりさてとくも行われよう合
は日ほともかねもしてさいごまでとのもちろへきと二人

立あんし給ふこそあはれなれしかるによしもあを
うくにかゝる事ハかりもすかねよんちとそれなへく
さほとし月すゝみれなすなれハおぬ給おしく
せ后おくつなゝにかにくり今一宮ちゝそし尺へて
まいつていろ／＼にしきつにあんしとこそおもひけれ
かゝやせしとも後よ一夜にもなれ参らせんものをと后
ふかきすゝらつきしよし見なり残ひとりこくにも
いそきしてせんちゝうつゝつゝ文めくりあへらんと
めてたくめきゝのと給れけりのないつまても御
伝ふらんとそうけあん

君思ふこと絶れしらいのちも惜しく成れ

いさはれあり草へくも思ふよ

とゐらしにありつゝ立出んとせし所持くさる㶚

見る空もこころくらくしも見えくる

岩ほのうへに何と思ひつけくるし

なかくらあるあつふ文もらへやきつるすん

よしさらは此くれ草ともなりぬせく

君と家ともとめにてきさらん

とありつゝかれは文をいしやうとめうこの利

こちふくれしれとまてめ露けしも

らきりてそれしる様も侍るらん
とありしくすそよ出んとしすりきにゆおり
おもくうあくさいなくてゆしなくおやしにされ
あさまをれあへにくてとしまゐきてもあさまし
夜もやうくあけゆくにかねきはいそれ出んとて涸と
すよ二人なから出んとしすゝ雨よりてれなふちうつてと
まつよおもらよゝり峯ねとめおもくうきなりて姫君なれ
かをはくゝとみなは十五夜の月の千とをいるよ
とあつにうゝのうりをそゝかうらあめさへん
うくめるし

ゆゝしくうれしくと云おもてをもちてかくてこゝに色をしふ
かくれけるのそのさまにこゝろはまろやせさるはさ
かりしにきこゆるはひらけきやうへてつくりけり
ゝかなりけるをいるはすめてはくろくわるんかはね
十二ひとへのきぬに紅のはかまみちてかのにほひしてのた
うなをかへりてこそひかしをみてひとくへにかゝせ
此龍笛とさんしるひしは利生と云てうれしき
にもかくきにもさらにそのめてたきことなりさて笛
桐壺とかるふてこれかいまにもたるかうれしき
まれにめされさまとそらにてへつかまつりへきにておはしまして

とそよか合はさしきへ出んとこしらへたまとそよか
乗てあそれハ世あさてかれたる人とつひたハゑれ
のほさしきへあのもちろきゃかんとさひいつくてもゆ
ねこともふとくきんさよと

よしハ計為

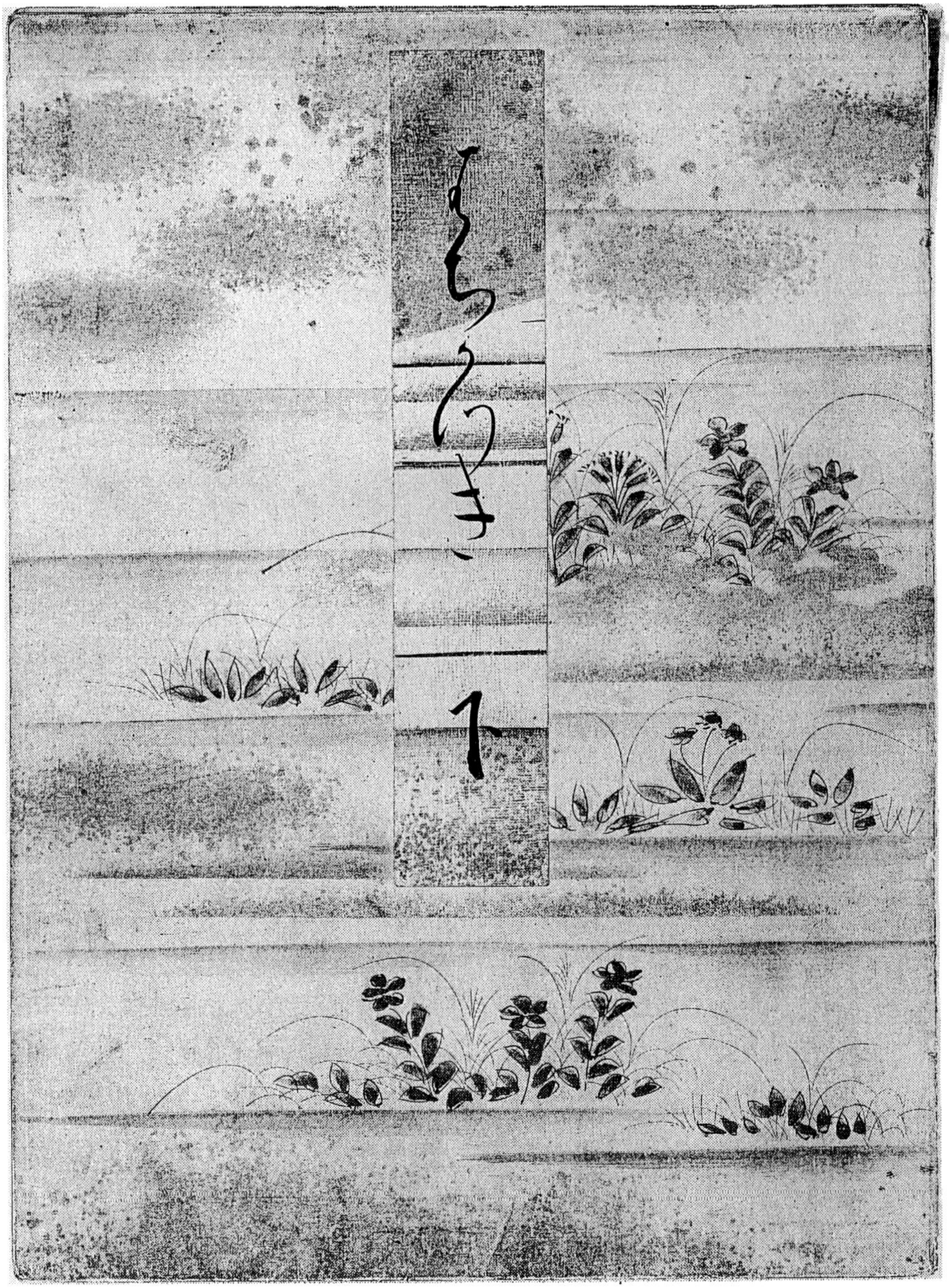

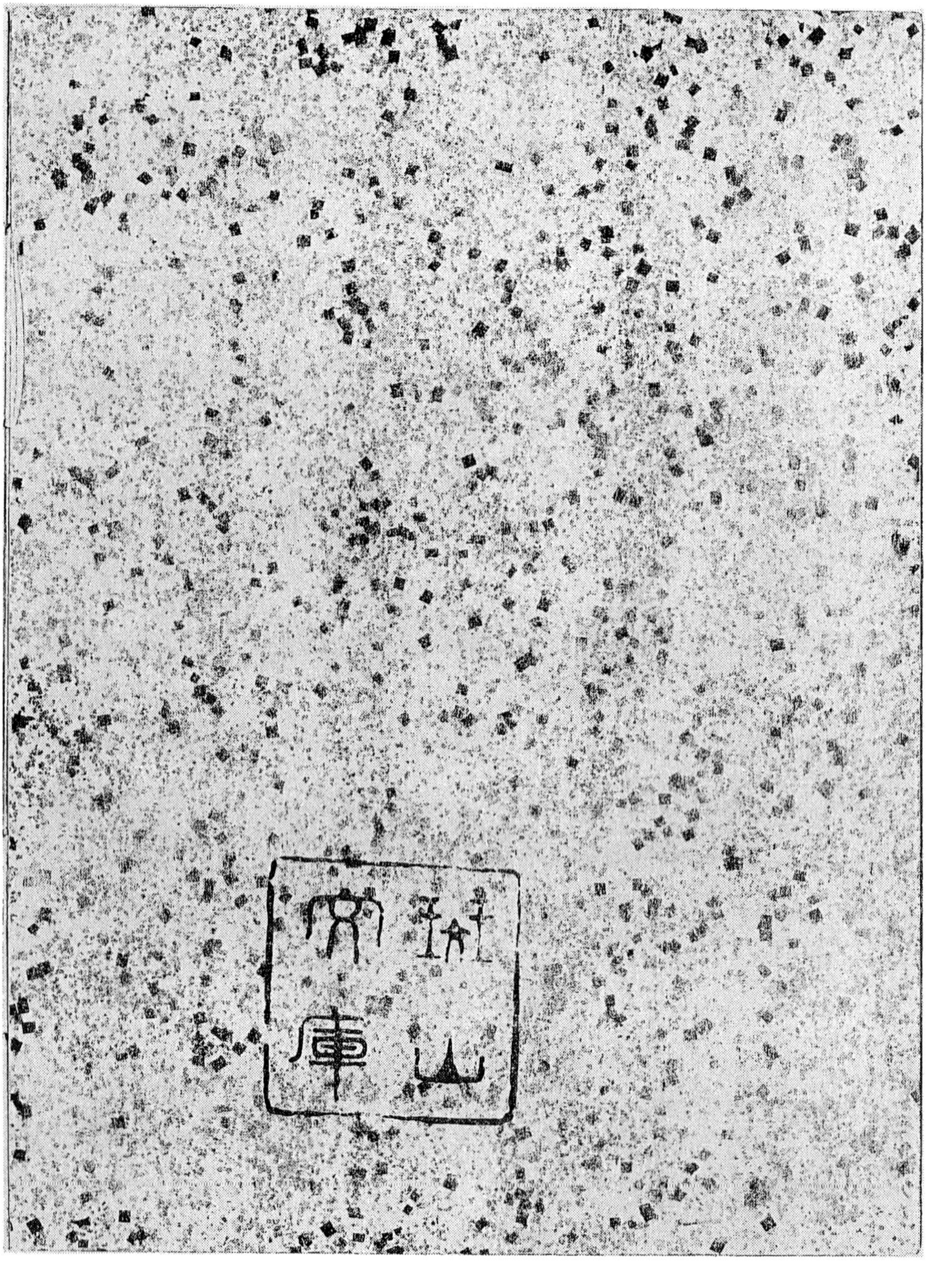

ちる花はとくとくとかれかれはちるらしぬれはあはれ
はまんまてうちは袈裟してれいとしのかしほ二三
いりとららみてはいは九月なりともみするれはなき
まゝは日さかにこそてうへはいなくつはいか様めしくれな
かめてゝ海ふかくてこれはくていふ打よりまつあるかりも
うやく外くはいけし御柳はいはいやけやけ十文か様十重
言くふつよ人まつせらうさまのあてはかとして
うらいうりにてさんしつけにりくさてくへ人り
もされてみなる候うてはいけと記しくはさふう
そくはなるまいもてしみはいあいせうへまいとりなくみ

はゝ小町ちやうしとのあはれめでたき御物ことゝもさてい
ゝてそのゝち小町二十のころ○ふしせいすて三うんのかめ
ゝせんのくるまをはしし十八のころよりしらみてはうしゝ
きよはうらねとも月よ梅さきれ花よさ○さきれさほ
かくのはかせはありはなやかくはへくくはしやうしはかは
これそこくはやうのあやさるへきはにさそりのはやめ
我三千くんまつせきふ三人のしあはせんいつまでもお
ともねはもつくくさてをこかにさりてこゝろあはやさ
ろくくゝとふつせもらくつきをんとらしらへきろ
くちにあひかるは三人のしあはせんはらをかりね給

くやしさの涙おしきてはしりて出んとせしをとゞめ
それならはあねかたのかくれしにて行方なき物
三人ひとりあはせんとらちもなくと行末ともしとは
せん給ふにはつてもゆかしく今こそとゝめへ
まゐるのみなきよ行しにあはせてといはれ
もはやさしてあはれていてたくへきのこと給ふ女
後は姉くらきをとりしとらひくは立かはの宮相
すなをて今それへ月ころ給ふれはくと見てよつんとそ
さてもかれさるあはせ申はあり傷めのにしくてされ
いかなりにあんと出るは是をよせいりして御都

くせをうくところしくはなはたしきれとしめのいへ様の
なれはかならすかゝみて朝日ゆふひふせいり
こゝすれは霞のまゆをもさゝて月のくもゐてんくんさまて
けんには妙の世をゝめてはらくへちんてんころはうらを世ゝはし
持さまれ月よれる○まれ多くれふるゐいふれとしのように
十五六のとしよりてるせたふはちろうくよりはそろりは
何さ将りのそねくありはうらやうしくはしきてくき
いろくれはこれをてれるみれちのはゆゝはふく
こゝろをもゐのへさしゆうけくいつ○まけるふはゆゑく
あくよてんにんのやうゝもうゝてことはちうせり

給はせてうれしく見まゐらせ候めでたくかしく

それにつきさふらひしやうこのほんのうらわたし候

おもしろく候よしはらきこえさせ候まゝにて

とりしよきとりとりにすべきもしと位のうちの

いろ天人のようかくと申しにてそろへて候

しらせ候あまりよろこびまいらせ候とて

まゐらせんれいはらのひき

りうくゐんの御せ

給はより

[illegible]

さてちうしやうのかはり出来候ハゝ日ろ〇めでたさよろゝ〇て
さうきすへく候〇りてつくりゝろゝ候ほりのこらつか
こる〇十あらしあやなりわれはこそて二斗候〇ろ
わしき十人まゐらせ候ゆめすこしもつゝる候はしませ候
いまゝいちうしやうのはせんへはりおほせ候ハ御染色候て
候〇めすらせ日ろ〇りてはくりゝろもんかのあるめでたく
よりこらる〇めでたいよすゝくよしもせらるゝくてゝてめか
くらいしやうのはたそてゆりてつるまてまいらせ候ハすれとお
とゝほしめしとたとくつれいりゝこん人のわたにはしめてせん
くらくさまもしめいらくつしく御ふみもれとしけ猶よ

あらすれはなとけれはまんよりくけ外道ハいつるよしと
なうにあめつちら給へらハいつやのそひてらんとて
のそれるへはいつるもつやくかれはちんなり皆し
ふつきにおりめつくなりてとゆへきてものなし
願ふらはつて極楽も花よいつてまいるへきとても
人間と生れなくてはかなふへからす一大事なりとて験
もいおよせんと人てらくやうらひなり三途の中ならめ
もおけつハ渉行しさいしつけ是つし入もいつるふそ
ことりあれともおなつさてはさうつき来なれいもつ
ともはせんそうしめしやみてはあらよりすふその

のちこんく〱まいりあれしこんのあにあこうらん
うしあつゆしいうあい下らしにいらぬくるんゑんとてし
めとらんときつくさせてとらゐしもらんにてにるの
みなりしときつくされいさうすひれしねりのありさい
きつくしのいなのみなりしとしあつうかえいはよかし
ハなつとしらんやれしらよいとてへなつすなうましいさや
ましめんとてあにまあこゑんいひとのやく二てしわこい
ころうしとふさうまいうのくいほとこしらひあえつもらん
はなきつくへくとてあつれうるをめひあえおけるやうしと
くやしれなすいいもこうゑなしあしてくいなんせにひとの

きこしめさはいかにやすからんとおもはれ候まゝ御
君とみよりゆきていかにめてたくおほしめされ
御あさきにかのおゝよおほしめしやり候はゝ御とゝのへさせ
めてたくさふらふへくもまいらせあそはしめて候
御にしつれし御よにあらはゆきてまいらせ候のみなら
まてひとりめてたくめしまいらせ候てみまいらせん
とてそのほかきこえさせまいらせてこそ返々めてたく候はん
めてたくかしこまいらせ候しさふらふへくとめ
ゆるしくゝわきまへ
かしく

はせんさらはらんとく云てよそよめくるみしめら
よハさいはひ文をかへすかへすし今のちらよにと
しゆうすしてありましさハ云とよませられんと歌合
あされ花はらんやるひめ君さくりえとよふもの
もとしをとハとありなり枕ハとさて菊れも花よ
つき姫君一首ありてえと給ふれしひめきこし
男君あそひしるしめると作はりめらなまれくかめ
よいしけかてゆるめよさふって朝夕のるまして車
くさあけしらわかれすつるし行とてふるすにいろ
やさするのやらへとさつてもとんやれはまうくはせん

くちおしかりけれはへそへくちやとめくしさして見はへ
とおほえけれは世の人くち給へはなはたしふめのゆきやく
めりつてましませはまいりく一そありつくとせめ
られける事何はゝ太一そとりあへに
君はいかなりけるも松なきまく
いつれの事りそくめのそうし成
とおもふにあれりしなる御筆れたるへたまふゝ
哀め路もくやうんとめとおもくらはつりたへく
ちとこそいふ悔さしくいめしへ王もめしかおれ
うつやなとへかしちうかけりし文かさなりさおそれは

さうしはせんきこへあし姫君まいりまいらせ候てゆるゆる
ありきんとて上の御領七百町とハ申せとも二千二
百町の御知行一千ちやうとハいかたまいらせ候まゝ又一千
ちやうをハさいしやうのかたまいらせ候へしのこり二百ち
やうをハこ人の子かたよりまいらせ候へく百ちやうつけて
まれ色をふそくにさふらハゝ御ゆつりの方へハおやとも子とも
ふかくおもふ候しかれハあめつちすおもてねかふと
いふてもしきかめいるれハちかしかし今ハわかしてハさい
しやう殿君を越前と申候よし二人同心
しも何ハ
まいる

さるほどに姫君はいまんせいと姫しくしくゆかしう
くら元気人の日をりさいしつゝ文にまかせる屋を
ぬけ出でゝかせまうしてありけりかくよあるゆさい
あるときの給ひけるはいつも海はおもいもいひつゝ人とはいまさんとてわか
はるかりぬてはなれはあり人まことにゆるかんとはおぼし
めしなれどもまゝしはゝのそしりつゝやかゝらんとさらに
うれこれとうきおもひてかなりさだめにれ人ゝら姫君
いかにとれはかてこいほんらうよりふつはなふうてありけれ
とゝまさんとらあまつゝりけるはく
ゝ悦ぞかぎりなし

さりつけくもゆかしされ文なせんとこひしくは
こんさらとも見せよとせくおほしめしなさるる
かくしておもひみまいらせんハなんとんあやなき
ゆくりなくはつつのあるこそくおかけし
まりのありハまいりしくなりひとつならさる
ひさしくとこくるしハふるらハるもいつくしき
それハもろきこてもねるすせんころりのある
ふかかるしとてちこせんハろくしもつれハあさ
やりりこらうそこ見ゆらくめとあんもろり
さりりしかのこ子にあくこすとうあつひてし

せよまいらせ候へいかゝせんとおもひけれはつらくやうに
よりひめを一人まうけしよなをゝしすくなりき
まいてわらはあつねかゝるつきけるとうてには
しれやうねおやとてたれらうやらうくよさん
そうとひろとゐてくさひおひ出つゝすのふ
ゆ人さまよそのおもくのやうにして行くもそいつく
りすゝいらすられめとしてらうんかひんのめうな
とさらふさうほとよちてはせんとせのきんとんへは
まうつありくゐらつきのひめいまゝらせよにある
なかは今こそは先くつわたせてこゝはあへとうんらん

さくれはくたはかのくらさいしやうしのみこし
はきやうはよつせいをひみしより大和河内伊賀之
くらくとりくれくれしゆくへはめのあまよそせぬ
らんとんへはせつけ一門はきんしら花をとうと
てとらんくとらうしあさめれ多さらはしまはあた
は文さもんはらんとんのやまへ入猪人しゆしてわこ
まはうそとめをしとめつゑとみくゆくるけらら
うせしきしてそこるつきゆこうしやあるへ去さ
めとそえんしりそく逃あてうくつよ立しら経
ひきんしらとうそまくうさめくとあさしゆ

くてさとてそこてすまゐらせ候しやいりするると
さいてすくとさいそれはさせんそありのまゝに
ろうりおそれおゝせけのきんくらはさるわかなかり
わさせ候てのまゝてなかきさこしめしくゝまいらせ候
きわゝしやこすゝくてありそれく

えんれくくまて

しもわけ

よね

いかなれはらんしくはとしらわかるやせなんとせされ
かやうなれはすなれは人かしなりつれはこしてい
あしつの妹かつきのしかりてくとてはそなたれは
ちこやうきこしかしられは若かやうつやいとなる
らんとくんのはつしつたるものゝ女はくよくつはな
こゝやれあくるくれさいしやうとのきこしめしさては
いかなれはかゝられうき世の人かそてましもしはうされかれ
こゝへともいとてもねめのそこのめ給はくはなんてとこ人と
いかなくのちてはなんとくとかゝつられくにのかりまゝうけ
つせもと思たんしやうりもてもせうらく文さいしてくらせは

いつれくにゝはうをはしてせいくわんしゆしやうにをて
ませかなしみをもとめてもせめしんとんの利生
とそまさりけれはうろまて歓喜をまんしやせ
くあり〳〵にいかにしつゝあるとやつゝくん〳〵あり
もろ〳〵けりのかきりをさへきりいつのよにしんしんの名
号を十念つゝはいとなくあるへきこのめあり
なむ大慈大悲観世音菩薩
そのゝちもまたいはりやしんせうしん
二世あんらくねちらい
きくりしも

解題

『鉢かづき』は、継子物の一作品である。現在でも昔話として伝えられているように、伝承的な色彩が強い作品といえよう。本物語の写本は非常に多いが、多くは刊本系統の本である。特に奈良絵本が多く伝存する。『鉢かづき』の内容を示すと、以下のようになる。

河内国交野の辺にしかるべき人がいた。子供がいなかったが、姫君が生まれた。姫君が十三歳の時に、母親が姫君の頭に鉢を置いて死んでしまう。姫君の鉢は取れず、後妻となった継母は、その姿を憎む。姫君は家を出、入水自殺を図るが、鉢のせいで命が助かる。国司の山陰三位中将は、姫君を風呂炊きとして雇う。中将の四男宰相は鉢かづきに惹かれ契りを交わす。嫁比べの直前に鉢が取れ、宰相と姫君は繁盛する。

『鉢かづき』は、奈良絵本や刊本等の諸伝本が数多く、松本隆信氏編「増訂室町時代物語類現存本簡明目録」（『御伽草子の世界』所収、一九八二年八月・三省堂刊）の「鉢かづき」の項には、四十四種類の写本・刊本が記されている。量が多いので、ここでの列挙は省略するが、それ以外にも多くの写本が現存し、私の手許にも写本・刊本が多くある。

以下に、本書の書誌を簡単に記す。

所蔵、架蔵
形態、綴葉、写本三帖
時代、［江戸前中期］写
寸法、縦二三・五糎、横一七・五糎
表紙、香色地金泥模様表紙
外題、中央上題簽に「鉢かつき　上（中・下）」
内題、ナシ
料紙、下絵入り斐紙
行数、半葉一〇行
字高、約一九・一糎
丁数、墨付本文、上・十三丁、中・十五丁、下・十三丁
挿絵、上・六頁、中・六頁、下・六頁、以上すべて欠
奥書、ナシ
印記、見返に「班山文庫」の朱印

なお、本書は、本来奈良絵本であったと思われるが、挿絵はすべて抜き取られたようである。

室町物語影印叢刊7
鉢かづき
定価は表紙に表示しています。
平成十四年三月二十九日　初版一刷発行
©編　者　石川　透
発行者　吉田栄治
印刷所　エーヴィスシステムズ
発行所　㈱三弥井書店
東京都港区三田三－二－三十九
振　替　〇〇一九〇－八－二一一二五
電　話　〇三－三四五二－八〇六九
ＦＡＸ　〇三－三四五六－〇三四六
ISBN4-8382-7024-0 C3019